Somos adoptados

Texto: **Jennifer Moore-Mallinos** / Ilustraciones: **Rosa M. Curto**

BARRON'S

Somos adoptados

Recuerdo los nervios que pasé el día que fui al aeropuerto con mis abuelos a esperar a mi nuevo hermanito. Estaba impaciente por conocerlo. ¡Pronto sería su hermana mayor!

Cuando me adoptaron a mí, mamá y papá también se fueron a Rusia en avión para recogerme y traerme a casa. Los dos nacimos en Rusia, mi hermano en Volgogrado y yo en Krasnoyarsk.

Cuando llegamos al aeropuerto, los abuelitos me llevaron
a la tienda de regalos para que yo pudiera elegir uno especial
para Mijail. Mijail es como se dice Miguel en ruso. Aunque Mijail
sólo tenía seis meses, yo sabía que le iba a encantar el osito de
peluche azul que elegí para él.

Estuvimos esperando mucho rato, pero finalmente vimos aparecer a mis padres. Mamá llevaba al bebé en brazos y papá llevaba las maletas. En cuanto me vieron me dedicaron una gran sonrisa y se acercaron a donde yo les esperaba con los abuelos. Realmente me habían echado mucho de menos, porque papá me tomó en brazos y me dio un enorme y apretado abrazo y mamá me dio un besote enorme en la frente. Luego mamá me presentó a mi nuevo hermanito, Mijail.

¡**M**ijail era tan hermoso! Tenía el pelo y los ojos de color castaño, como yo. Cuando le di el osito azul que había elegido para él, me sonrió haciendo ruiditos de contento y entonces mamá me dio un paquete y me dijo que era de parte de Mijail. También me dijo que si Mijail pudiera hablar me diría que quería hacerme un regalo especial por ser su hermana mayor. ¡No lo podía creer cuando vi las muñecas rusas! Todos los niños en Rusia tienen esas muñecas que caben una dentro de otra.

Camino a casa desde el aeropuerto, mamá y papá nos contaron todo lo que habían visto en Rusia y también dijeron que un día nos llevarían a Mijail y a mí para que viéramos dónde habíamos nacido. Aunque Mijail y yo nos estamos criando en un país diferente a donde nacimos, mamá y papá quieren que todos aprendamos cosas sobre la cultura rusa.

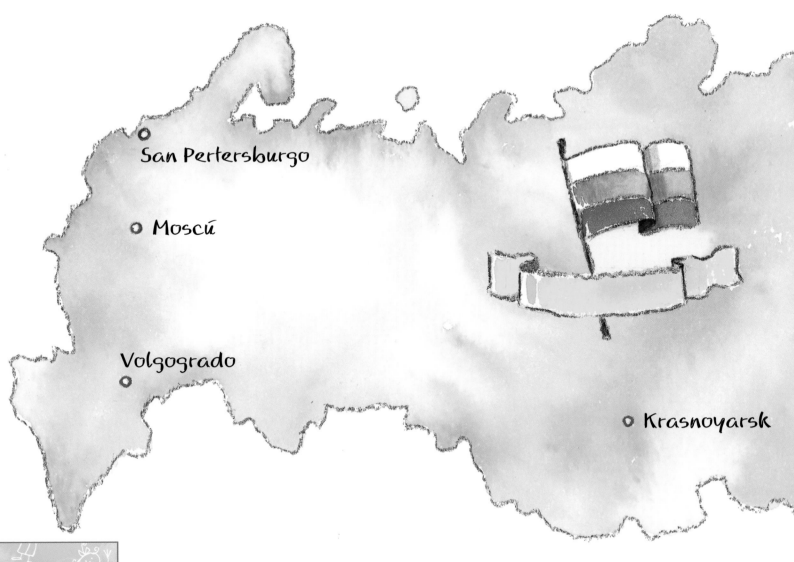

San Pertersburgo

Moscú

Volgogrado

Krasnoyarsk

• GOLUBTSI •

• KRABOVIY SALAT •

• SELIODKA POD SHUBOY •
(ARENQUE BAJO ABRIGO DE PIEL)

Ingredientes:
4 arenques salados gruesos
5 papas
4 zanahorias
4 remolachas
5 huevos
14 onzas de mayonesa

• ENSALADA OLIVIER •

Ingredientes:
5 papas
3 zanahorias
4 huevos
1 libra de pollo cocido
7 onzas de guisantes
3 pepinillos o pepinos
Sal
9 onzas de mayonesa

Desde que era pequeña, mamá y papá me han estado enseñando cosas sobre Rusia. A mi madre le gusta preparar comidas rusas una vez por semana y mi padre siempre nos trae libros sobre Rusia. Yo sé cantar el alfabeto en ruso y a Mijail le encanta cuando le canto canciones en ruso también.

Aprender cosas de la cultura rusa y de las culturas de otras tierras es muy interesante. Desde que estoy con mis padres cada año vamos a pasar un día de campo donde aprendemos muchas cosas de culturas diferentes, incluso la rusa. Todos los niños que van han sido adoptados en diferentes lugares del mundo, como Mijail y yo. Algunos niños nacieron en Corea o China y otros en África e incluso hay niños nacidos en este mismo país.

En esta reunión hay banderas de todo el mundo y
también comidas de muchos países diferentes para que
nosotros las probemos. Cada país toca música propia y
demuestra sus bailes típicos. El año pasado aprendimos
un baile tradicional de China.

Todos los años hay juegos y carreras e incluso un espectáculo de magia. Mientras los niños nos divertimos, los padres hablan unos con otros sobre sus cosas. Los mejores amigos de mis padres comenzaron a asistir al día de campo el año pasado, después de haber adoptado a Jessie, que es de Corea. ¡Estoy ansiosa por presentarles a Mijail este año!

Cuando tuve la edad suficiente para comprenderlo, mamá y papá me explicaron que yo era adoptada. Al principio pensé que eso quería decir que estaba enferma o que me pasaba algo, pero entonces mamá y papá me explicaron lo que significaba ser adoptado. Cuando Mijail sea un poco mayor, mamá y papá se lo explicarán a él también.

Cuando yo nací, mi mamá rusa no podía cuidarme, pero como me quería mucho, prefirió que otra familia se hiciera cargo de mí. Cuando mis padres actuales vieron mi foto y leyeron la historia de mi corta vida, ¡decidieron adoptarme!

Mis padres me dijeron que cuando supieron que íbamos a ser una familia, se sintieron muy felices. Mamá dijo que el vacío que sentían en sus corazones de pronto se llenó de amor y que yo era el mejor regalo de todos.

Yo no tengo los ojos azules como mi madre ni las piernas tan largas como mi padre, pero soy buena en matemáticas como mamá y me gusta construir cosas igual que papá. Aunque nuestras madres de Rusia fueron diferentes, Mijail es ahora mi hermano y yo soy su hermana y mamá y papá son nuestros padres.
¡Somos una familia!

Ser una familia quiere decir
quererse y cuidarse unos
a otros y eso es lo que hacemos.
Igual que pasa en otras familias,
algunas cosas nos molestan.
Mi madre me vuelve loca cuando
no para de recordarme que haga
mi cama y cuando mi padre
canta, a mí me duelen los oídos.
Mijail es demasiado pequeño
y demasiado encantador para
molestar a nadie, pero tal vez,
cuando se haga mayor,
él también nos volverá locos.

¡Me alegro
de ser yo!

Actividades

Libro de tesoros / álbum familiar

¡A todo el mundo le gusta tener un álbum familiar! Es como una historia de la familia, una secuencia cronológica de sucesos. Más de una vez hemos abierto un álbum de fotos para hacer un viaje por la memoria. ¡Cómo hemos cambiado! El tiempo parece volar rápidamente.

Un álbum familiar es algo más que un simple libro con fotos. Es un libro que contiene tesoros de experiencias pasadas y de recuerdos entrañables. Cada foto tiene su historia.

Tratándose de hijos adoptivos, la creación de un álbum se convierte en un excelente medio para contar la historia de la adopción de su hijo o hija. El niño podrá seguir la aventura de cómo se formó la familia al mismo tiempo que disfruta de las fotos y demás recuerdos que se pueden incluir en el libro.

Un libro de tesoros es personal e individual para cada familia porque refleja su propia historia.

El contenido de un libro de tesoros puede ser muy variado: los boletos de avión para ir al país de origen del niño, fotos de ese país, recuerdos del orfanato o del centro de cuidados infantiles, fotos del niño cuando era bebé, huellas de la mano, una banderita del país de origen del niño y otra del país de destino, certificado de nacimiento, fotos de bienvenida y de la nueva familia. ¡Sean creativos!

Para comenzar necesitan un álbum de fotos o libro de recortes, pegamento, tijeras, pegatinas, rotuladores, lápices de colores, pegamento brillante (opcional) y creatividad.

Dado que el libro de tesoros es una historia de cómo se formó la familia, tal vez sea buena idea comenzar por el principio y seguir un orden cronológico.

¡Sean creativos y diviértanse!

Caja / libro de recetas

¡Qué idea tan buena! Proporcionar al niño adoptado el sabor de su tierra natal es una forma excelente de que toda la familia experimente sabrosa cultura culinaria. El niño disfrutará probando algunas delicias culinarias de su tierra y ustedes también. De todos modos, primero hay que encontrar las recetas.

Encontrar recetas de todo el mundo es mucho más fácil ahora que antes. Se pueden consultar en el internet, bibliotecas, agencias de viaje e incluso en las entidades encargadas de los procesos de adopción. Todos estos lugares son excelentes fuentes de información.

Para hacer una colección de recetas necesitarán una caja de zapatos o un libro de recortes, tarjetas de fichero o papel rayado, tijeras, pegamento, rotuladores, pegatinas y pegamento brillante. Decorar la caja de las recetas puede ser muy divertido si lo hacen con la ayuda del niño. Según sea su edad, éste puede contribuir con sus preferencias y sugerencias, y quizás hasta con un poco de ayuda manual. A medida que vayan consiguiendo nuevas recetas, irán añadiéndolas a la caja o al libro de recetas. Después de probar cada una de las recetas podrán ordenarlas de acuerdo al éxito que hayan tenido entre los miembros de la familia.

¡A divertirse y buen provecho!

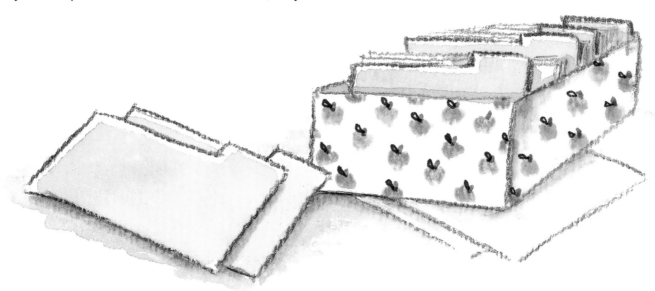

Marco de la fama

A todo el mundo le gusta ver una foto suya, sobre todo si está dentro de un marco decorado con elementos que representan quién es. Tal como las fotos que captan un momento especial y cuentan una historia, los marcos que las contienen pueden hacer lo mismo. Para vuestro propio marco de la fama, pueden usar un marco de madera comprado en una tienda o uno hecho de cartón.

Para hacer un marco de cartón, basta con cortar un trozo de cartón del tamaño y forma que deseen (1). Noten los pliegues laterales que deben hacerse al cartón para mantenerlo vertical. Luego se recorta la misma forma, pero de tamaño más pequeño, de la parte interna. Decoren según sea el gusto el frente del cartón. Peguen la foto elegida con cinta adhesiva a la parte de atrás del cartón más grande (2) o usen otro trozo de cartón como base. Si deciden usar un marco de madera, pueden pegarle alrededor elementos relacionados. Por ejemplo, si en la foto acaban de llegar a la casa con el nuevo niño, decoren el marco con banderitas de ambos países, el de ustedes y el de origen del niño, así como algún otro elemento de importancia común para todos.

Tal vez también les interese usar un marco más grande, que les permita mostrar una historia más completa de la familia. Terminado el marco, muevan las aletas del marco hacia atrás (3) y éste se sostendrá por sí mismo (4).

¡Que se diviertan!

1

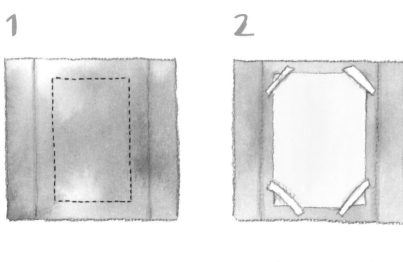

2

3

4

Niños de todas las edades y de todos lados del mundo necesitan un hogar. Por suerte, a través del proceso de adopción, muchos de ellos podrán encontrar un hogar y una familia que los quiera.

Adopción

Como se sabe, el proceso de adopción puede llevar varios meses, incluso años. Como resultado, muchos padres que quieren adoptar experimentarán a menudo altibajos emocionales durante el largo camino de la adopción. Aunque esta montaña rusa emocional puede causar mucha tensión y consumir mucho tiempo, el regalo de un niño sin duda hace que el viaje valga la pena.

Decidir adoptar un niño es una decisión muy importante que no se puede tomar a la ligera. Hay muchos aspectos a considerar para decidir si la adopción es lo más adecuado para los futuros padres, sobre todo si el país de origen del niño es distinto al de ellos.

Para muchos padres que quieren adoptar, el abrumador deseo de tener un hijo a menudo se sobrepone a cualquier preocupación con respecto al origen, el color, la raza o elementos étnicos. Aunque estos factores no tengan mucha importancia en el momento de la adopción, en algún momento habrá que comentarlos con el niño.

Preocupaciones físicas

Los padres adoptivos comparten muchas preocupaciones similares con respecto a la salud física y emocional de su hijo. Frecuentemente, cuando el niño es adoptado en el extranjero, muchos de los problemas relacionados con la salud se hacen más evidentes al llegar el niño a su nuevo hogar. Afecciones comunes generalmente relacionadas con el tiempo que el niño ha pasado en el orfanato o centro de acogida de menores son la malnutrición, las infecciones respiratorias y los problemas digestivos y dermatológicos. No obstante, al poco tiempo de llegar a su nuevo hogar, estos niños comienzan a mostrar un cambio notable con respecto a su salud en general. Al año de la adopción, con la ayuda de tratamientos médicos adecuados, la mayoría de los niños ya están exentos de enfermedades infecciosas.

Preocupaciones emocionales

La condición emocional de un niño generalmente varía dependiendo de la edad que tiene cuando se produce su adopción. Por ejemplo, la capacidad de un niño de establecer sólidos lazos afectivos con sus padres adoptivos generalmente será mayor y más rápida cuando el niño es muy pequeño. Un niño de mayor edad puede tener dudas o sentirse inseguro en su nuevo entorno y como resultado, es probable que necesite más tiempo para desarrollar confianza y una buena relación afectiva con sus padres adoptivos. Alteraciones del sueño como quedarse dormido o tener pesadillas también son comunes en muchos niños cuando llegan a su nuevo hogar. Con paciencia y tranquilidad el niño superará eventualmente sus problemas de sueño y entonces irse a la cama ya no será una experiencia difícil.

Aunque un niño se sienta querido por sus padres adoptivos, esto no basta para impedir que sienta curiosidad sobre sus padres biológicos, su lugar de nacimiento y las circunstancias que llevaron a su adopción. En este caso, la reacción de los padres adoptivos a la curiosidad de su hijo variará. Algunos padres pueden sentirse amenazados, siéndoles difícil respaldar la necesidad que el niño tiene de encontrar respuestas. Otros pueden ver en esa curiosidad una oportunidad para aprender más cosas sobre el origen de su hijo y la cultura en su país natal.

Es necesario comprender que la niña o el niño considera a sus padres adoptivos como padres verdaderos. Por eso, la curiosidad que estos niños evidencian no son indicio de falta de amor ni deseo de marcharse.

Dado que no todos los niños son iguales, habrá algunos que no sientan ninguna curiosidad sobre su madre biológica o su país de origen. De ser así, no se preocupen: cuando el niño esté preparado para explorar estas cuestiones, lo hará a su propio ritmo.

Los expertos están de acuerdo en que informar al niño de que es adoptado es lo adecuado, así como decirle cuál es su país de origen. Explicar el proceso de adopción no tiene por qué ser difícil; de hecho, una explicación corta y sencilla, tal vez en forma de cuento, servirá para que el niño entienda todo lo que ustedes hicieron para que él formara parte de vuestra familia. Además, hay muchos excelentes libros infantiles sobre adopción que ustedes pueden compartir con los niños y así reforzar los lazos afectivos.

Adoptar un niño es una experiencia increíble. Es una oportunidad de compartir amor y hogar con un niño que necesita una familia. Muchas vidas se ven afectadas por la presencia de un niño: ¡es una sensación maravillosa!

En el proceso de adaptarse a su nuevo hogar, el niño a veces se muestra apático. Por ejemplo, el contacto visual es limitado y las expresiones faciales como sonreír a veces ni existen. Algunos niños adoptan un comportamiento tormentoso como forma de calmar su ansiedad. Esta clase de comportamiento se puede atribuir a una sobre-exposición a estímulos sensoriales después de haber estado en un orfanato o centro de atención infantil. Por lo tanto se sugiere que cualquier forma de estimulación se haga de manera gradual y controlada. Con el tiempo, el niño aprenderá a procesar muchos de los sentimientos y emociones que está experimentando por primera vez.

Decirle al niño que es adoptado

Muchos padres adoptivos deciden informar a su hijo de que es adoptado a una edad muy temprana. Los expertos están de acuerdo en que los niños adoptados deben saber cuál es su origen.

SOMOS ADOPTADOS

Primera edición para Estados Unidos y Canadá
publicada en 2007 por Barron's Educational
Series, Inc.
© Copyright 2007 de Gemser Publications, S.L.
El Castell, 38; Teià (08329) Barcelona, Spain.
(World Rights)

Texto: Jennifer Moore-Mallinos
Ilustraciones: Rosa M. Curto

Dirigir toda correspondencia a:
Barron's Educational Series, Inc.
250 Wireless Boulevard
Hauppauge, New York 11788
http://www.barronseduc.com

ISBN-13: 978-0-7641-3788-4
ISBN-10: 0-7641-3788-3
Library of Congress Control Number 2006938821

Impreso en China
9 8 7 6 5 4 3 2